김동춘 창작시집

첫눈처럼

김동춘 창작시집
첫눈처럼

초판1쇄 인쇄 l 2022년 1월 15일

초판1쇄 발행 l 2022년 1월 15일

펴낸곳 l 도서출판 그림책

펴낸이 l 장문정

지은이 l 김동춘

출판등록 l 제2010-000001

주 소 l 경기도 수원시 영통구 이의동 웰빙타운로 70

전 화 l 070-4105-8439

ISBN l 978-89-6706-387-0 03810

E - mail l khbang21@naver.com

표지디자인 l 토마토

편집디자인 l 이정순 · 정해경

김동춘 창작시집

첫눈처럼

생애 첫 개인 시집인 첫 열매를 하나님께 바칩니다

– 시인의 말

정확하게 8살의 입학이 내 빛나는 유리구슬을 쏟아버렸다
불안한 나날은 불면의 시간으로 이어졌다.
어떡하냐고 어린 나이에 교회를 찾아다니기도
하며 유년을 보냈다.
15세 소녀가 되어 학교 옆 시냇가 자갈밭에 누워
쏟아지는 은하수와 별빛을 보며 기도하듯 노래를 불렀다
안개와 이슬이 막막함을 촉촉하게 감싸주었다

어두운 긴 터널을 지나 밝고 환한 세상을 만났을 때도
내 인생의 시 쓰기 또한 고통이었지만
가장 힘들고 어려운 때 구원이 되어주었다.
(그리고 드디어 시집을 출간하게 되었다)
그때 소녀의 노래가 기도였고 시였고 사랑이었다.
그 씨앗들을 깊은 산속에 숨어있는 산삼을 조심스럽게 캐듯
부족하지만 나름대로 진솔하게 기도하는 마음으로

파고 얼래고 얼래서 캐 올렸다.
마음이 따뜻해지고 아름다워지고 그래서 행복해지는
시가 되었으면 한다
애증어린 고달픔 없는 삶이 어디 있을까
상처받은 작은 영혼이 깨어나길 바란다
흔들릴 때마다 주님과
살아생전 아버지의 격려가 내 마음을
다시 세우는 온기가 되었다.
시 공부하라고 TV도 못 보게 하던
남편에게도 감사한다.

추천서

시심에 동심을 담아
아름다운 시를 쓰는 시인!

김동춘 시인의 시에는 동심이 담겨 있다.
그 동심이 감성시를 만나
사람들 가슴에 행복으로 담긴다.

시인은 참 부지런히 시를 적었고
그 시로 시집을 발간한다.
이 시집에 담길 시를 먼저 읽으면서
다양한 시상에 웃다가
결국 가슴 찡한 감동을 얻은 저처럼
시집을 읽는 독자도 모두 행복을 느꼈으면 좋겠다.

우리는 참 바쁜 일상을 살아가고 있다.

김동춘 시인은 그 바쁜 일상에
잠시 쉬어 갈 수 있는 여유를 시로 선물 한다.
그렇다. 시는 이처럼 읽은 독자에게
감동을 선물하면 된다.

그런 면에서 일상을 소재로
편하면서 쉽고 그러면서도
내면에 깊이를 더해 읽을 맛이 있는
시인의 시는 성공했다고 할 수 있다.

그 성공한 시집!
앞으로 더 많은 독자에게 사랑받는
최고의 감성 시인으로 우뚝 솟을
시인의 첫 시집을 가슴 두근거리는 마음으로 기다린다.

- 시인 윤보영

김동춘 창작시집
첫눈처럼

2부

김동춘 창작시집
1부

솜씨

봄이 되었습니다
당신 그리워 밖으로 나갔습니다
햇볕이 피운 꽃을 보는데
눈물이 납니다
당신 모습
꽃으로 피워 놓고
날 행복하게 만드는 당신!
당신 솜씨 감동입니다

쉽게

당신은 참 쉽게도
꽃을 피우는데
나는 왜 어렵지요?

필 듯 하다가도
피지 않는 걸 보면
그대 생각 소홀했나 봅니다

그대 모습
꽃으로 대신 볼 수 있게
이제부터
그대 모습 더 또렷하게 그리겠습니다

열대야

온종일 이글대던 해
불화살처럼 쏟아진다

밤이 되어도
식을 줄 모르고
열대야로 훅훅
가슴 뜨겁게 한다

그래도 다행인 게
내 안에
산바람 같은
그대 생각이 있다

그대 얼굴

하늘에
얼굴 하나 걸려 있다
아무도 모르겠지만
언제나 나를
그 큰 눈으로 그윽하게
바라보고 있다는 걸
나는 안다
그 누구도
부럽지 않은
그대 얼굴!

꽃비

꽃비가 내립니다
우산을 쓸까요?
아뇨, 아뇨
내 가슴을 엽니다
꽃비 따라 내리는
당신의 맑은 미소가
내 안에 환하게 피어나니까

콩깍지

나를 보고
콩깍지가 씌었다고들 하지요
그래도 좋아요
깜깜해 안 보여도
그대만 있으면
내 안에 보름달이 뜨는데
그대만 보이는 콩깍지가
내 행복인데

샘물 같은 그대

그대 생각 담고
숲속을 걸으면
시원하다
발걸음이 가볍다

가도 가도
그대 생각
돌아오면서도
그대 생각

끝없이 이어지는
그대 생각은
샘물

커피와 사랑

너도 커피를 좋아한다니
고마워
그런 네가 곁에 있어 좋아
기분이 좋네

같이 마실 수 있어 좋고
같이 바라볼 수 있어 좋고

마주 앉아
커피 잔 속에
서로 마음을 담고
사랑을 느낄 수 있어 더 좋고

어머니

화분 앞에 앉아
흙 고르시며
꽃밭에 살고 싶으시다는 어머니!

그 마음
다 헤아릴 수는 없지만
꽃밭이 되어 드리고 싶다

늘 보고 웃을 수 있도록
어머니 눈앞의 꽃!
그 꽃이 되어 드리고 싶다

동그라미

잿빛 하늘이
물 위에
동그라미를 그린다

강가에 앉아
그대 생각하고 있는
내 마음 눈치 챘는지
동그라미마다
그대 얼굴을 그린다

그대 그리운
내 가슴처럼
강물 위에 가득 채운다

사랑

사랑하면
보고 또 보고
다시 봐도
보고 싶어진대요
그래서 함께 있으려고
결혼을 하지요

우리도 결혼 했고
그때부터 둘이서
둘이 아니고 하나로
같은 곳을 향해 바라보는
우리가 되었습니다

겨울 흰장미

눈이 내립니다
그대 그리움에 내립니다
가슴 출렁이게 하는
나의 사랑
나의 그대!

그대 영혼이
눈으로 되어
내 가슴에 내립니다

내려서
내려서
그대 가슴에
흰 장미꽃으로 피기 위해 내립니다

그리운 당신

당신은 물같은
맑은 영혼!
그 영혼에
나 담기고 싶다

채송화

길 주차장 아스콘 틈에
채송화가 피었다

꽃!
들락날락 거리는
바퀴 사이에서
용케도 살아남은 너!

네가 생각해도
대견하지?

모닝커피

햇살 들어오는 창가에 앉아
당신 생각하며
커피를 마십니다
그네 타듯
가슴이 뜁니다

햇볕에 담겨온
바쁜 일상에 여유가 담깁니다

늘 그랬든
오늘 하루도
당신이 준 행복도
덤으로 얻습니다

풀꽃

작은 웃음으로
내 마음 사로잡는 너
너의 향기는
없는 듯 은근하다

진실한 마음으로
머물게 하는
작아도 당당한 미소가
아름다운 너!

우체통

그대 기다리는 나는
가슴에 우체통을 달았습니다
그대 온다는 소식
전해 주지 못하고
수취인 부재로
반송될지 몰라서

우체통은 왜?

우체통은
사람들 이야기를 품고 있다

그런데 왜
빨간색일까?

부탁도 안 했는데
부끄럽게
왜 내 얼굴을 하고 있을까

커피

그대가 좋아하는 커피!
나는 좋아하지 않았다
하지만
그대가 좋아해서
나도 따라 좋아하는 커피!

당신만큼은 아니지만
이제
커피가 좋다
당신 생각 더 나게 해서 좋다

너

너는 꽃이야
내 가슴에 피어
힘들 때
걱정 있을 때
내 안을 지우고
나를 꽃이 되게 하는 꽃!

수국

수국을 보니
구슬꾸러미보다 멋있다
나를 사로잡는 눈동자
얼굴, 미소
꽃송이에 담고
자
사랑해 봐
하고 내미는
통 큰 배짱이 멋있다

구절초

그대 닮은 구절초
이 가을
환한 웃음으로 피어 좋고
분위기로 머물러 좋고

너처럼
보면 볼수록
좋아지는 마음
감출 수 없어 더 좋고

구절초와 그리움

구절초를 보니
문득 그대가 생각납니다
나를 닮았다며
웃으며 말을 건넨 그대
그대가 그립습니다
그리움이
가을처럼 깊어지고
가슴에 구절초밭이 들어섭니다
그대가 구절초꽃으로 핍니다
참 보고 싶게 핍니다

구절초와 기다림

그대 기다리다
목이 길어졌습니다
가슴에 담긴 그리움 때문일까
맛이 씁니다
써도 사랑입니다
담고 있다 보니
달콤해지는
기다림이 내민 맛입니다

과자

테이블에 앉아
혼자 과자를 먹고 있다
맛이 좋아
그대 생각이 났다

와삭거리는 소리가
그대 속삭임 같아
내 안에 담아 두었다

그대 오면
지금 마음 이대로 꺼내놓고
과자처럼 달콤하게
들려주어야겠다

빨간 원피스

빨간 원피스를 입고
그대를 생각하며
책상에 앉았다

그대 앞에 앉듯
기분이 좋다

그대의
예쁜 꽃이 되고 싶다
만나기도 전
두근거리는 마음이
빨간 꽃으로 피었다 피게 했다

텃밭

마음 한켠에
나는 꽃을 심었지요
언젠가 그대가
날 찾아왔을 때
"꽃으로 기다렸구나!"
이 말 해 줄 것 같아

해바라기

길을 가다가
아버지를 닮은
해바라기꽃을 보았다
다시 봐도
아버지 미소를 닮았다

내 가슴에
해바라기로 핀
아버지!
보고 싶다

자작나무

그대가 좋아했던 나무
내 가슴에 자작나무로 서 있어
자작나무 숲길을 걸었습니다

내 이름 부르며
불쑥
나타날 것 같아
자작나무를 봅니다

그대 모습으로 서 있는
나무를 만납니다

조심

'손대면
뜨겁습니다!'
그래서 손댔다

사랑의 온도가
몇 도인지
알고 싶어서
그대 가슴에
아닌 척 손 댔다

화상 입을 뻔했다

안내문

꽃을 만지려는데
'꽃을 만지지 마세요!'
안내문이 있다
그런데 어쩌지?
이미 만지고 있는걸

못 만지게 하려면
그대 닮은 꽃을
키우지 말던가

그게 어려우면
내 온다는 것을
알았을 텐데
빨리 지던가

내 사랑은

내 사랑은
그대 생각 품고 있는
촛불이 아니라
등불입니다

바다 가운데
불을 켜고
그대 내 안으로 들어설 때
시간 지체하지 말라고

호수

그대는 호수다
시원한 물이
그리움이라 생각하니

나는
그 호수에 그린
풍경!

풍경 속에
그대가 있다
날 꽃으로 피우는
그대가

행복

당신 생각은
행복입니다
당신 생각할 때마다
'나 장미지
장미꽃 맞지!'
이 생각하는 나를 보고
장미꽃이 맞아
활짝 웃는 행복이 맞습니다

커피

예쁜 카페에서
그대와 앉아
커피를 마셨다
사랑과 믿음이
설탕처럼 녹아
우리 이야기가 된 커피!

커피를 마신다
만나고 싶은 바람을 마시고
만났으면 더 좋은
아쉬움을 마시고

새

창가에
새가 앉았다
어제 보았던 그 새다
새야!
너 그대 맞지?
새가 날아갔다
그대가 맞다면
내일 다시 오겠지
새를 기다린다
그대를 기다린다

봄

봄
너는 별
내 안에서
너를
생각할 때마다
반짝이는
초록별!

쑥부쟁이꽃과 노랑나비

들판에
쑥부쟁이꽃이 피었다
쑥부쟁이꽃을 그리워하는
노랑나비!

햇살 가득한
그리움 속으로 날아가
사랑해
사랑해
당신 생각뿐인 나는
노랑나비
당신은 쑥부쟁이

왜 웃어요

나를 보고
왜 웃어요?
좋은 일 있어요?
글쎄요,
좋은 일 있어야만 웃나요?
그대만 보면
웃음이 나오는데
기분 좋아 참지 못하고 나오는데
차마
그 말을 못 했다
"그냥요!"

웃음꽃

왜 웃냐고?
그냥
그런데
내가 웃으니
너도 따라 웃는다
생각하니
세상에 찡그릴 일이 없다
웃음이 꼬리에 꼬리를 물고
이어 피어
꽃길이 되고
네가 웃는
그 꽃길 걸으니
나 참 즐겁다

강아지풀

띠풀아
억울해 하지 마
강아지풀인 나도
꽃 피우지만
풀이라고 부르거든

우리는
자라기만 하면 돼
꽃 같지 않아도 꽃이야

그게
우리만의
큰 매력이지
매력!

김동춘 창작시집

2부

화초를 보며

눈감아도 보이고
눈을 떠도 보이고
혹시
언젠가
날 좋아했던 너
꽃으로 와 있니?

달맞이꽃

달이 밝았습니다
살포시 고개든
달맞이꽃!

그대가 보고 싶습니다
살포시 고개든
그대 생각!

함박꽃 1

"기침하셨습니까?"
 묻는 듯 하더니
나를 보고 웃는다
왜 웃어?
기분 더 좋게
그 말에 뻥 터진 함박꽃

함박꽃 2

같이 피자
같이 피자
부추기는 바람에
내 얼굴
함박꽃으로 피었다
함박꽃보다
더 예쁘게 피었다

취나물

이빨 빠진 것 같아
못생겼다고요?
놀리지 마세요
그래도 맛은 일품이지요
맛과 동떨어진 꽃이
매력인데다가
그대 사랑까지 담고 피었거든요

그대는

그대는
시면 시
기타면 기타
그림이면 그림
꽃 가꾸기면 꽃 가꾸기
내가 좋아하는 건
못하는 게 없고
날 좋아하는 마음까지
바닷속 소금맷돌같이
끊임없이 나오는
신기한 팔방미남!

구름처럼

자려는데
그대 생각이 나서
일어나 앉았다
생각을 지우려고

그런데
지운 자리에
그대 모습
구름처럼 피어오른다
어떻게 해?

산수국꽃

정원에
파란 나비가 앉아 있다
그대 닮은 모습
눈길을 잡는다

어머나, 그런데
진짜 나비도 아니면서
날려고 한다

저러다 정말 날아가면
저 수국
어떻게 해?

그대

아침 나팔꽃처럼 웃어준 그대 때문에
온종일 꽃밭에서 살았습니다
그 꽃밭
내 가슴에 있습니다

창문

그대 안에
꼭 닫아둔 창문!

그 창문 좀 열어봐
누가 보이니?

창문 열어 달라고
부탁한 사람 있을 텐데

내 영혼에 햇살이

손바닥만 한
창문 사이로
남산이 보이고
하늘이 보이고
한줄기 빛이 들어온다

내 어두운 영혼에
그대 얼굴이
햇살처럼 빛난다

봄비

빗소리를
듣고 있으면
아름다운 당신의 목소리가 들립니다
사랑이 담깁니다

가로등 1

가로등이
아침을 기다리며 잠든 나처럼
아침을 기다린다
내 가슴에
등불을 켜놓고
꿈을 기다린다
그대 생각 끝에서
걸어온
우리 만나는 꿈!

가로등 2

화단 옆 가로등
불 밝히고 섰다
누굴 저토록 기다리고 있을까?
가로등
걱정할 때가 아니지
그대 기다리며
그리움 켜둔 게
언제부턴데

바람

꽃잎에
바람이 다가왔다
넌 누구를 기다리니?

그건 아마도

나는 왜
하늘이 파래도
시원한 바람이 불어도
햇살이 따뜻해도
흐느끼며 한숨을 쉴까요?

늘 그리운 그대!
만나지 못했기 때문 아닐까요?
아마도
아마도!

당신이 있어

늦은 나이에
못했던 일들을 하려니
힘들고 지칠 때도 있다

그럴 때마다 당신은
좀 더디더라도
힘 내
기죽지 말고 날 봐

당신이 있어
살아갈 힘이 납니다

나뭇잎

나무에서 행복했던 잎이
떨어지는 순간
여행을 떠난다

여기저기 도착해
꼼지락거린다

그대 그리움처럼
나무 아래 뿌리를 보듬는다

겨울을 향해
당당하게 말한다
"그까짓
겨울쯤이야!"

사랑 담기

저녁 준비하는데
거실에 있던 그대가
"뭘 하는데
그렇게 바쁘십니까?"
"사랑 담느라고 그래요!"
그 말에 꽃으로 핀 그대!
날마다 꽃이 피게
내 안에
꽃밭 만들어야겠다

꽃물들이기

엄마가
봉숭아꽃을 찧어
손가락에 싸매어주셨지요

설레며 기다리는데
호, 글쎄
손가락이 내 마음 더 잘 알고
먼저 활짝 웃고 있지 뭐예요

그 아이 말에
수줍음 타는
내 얼굴로
글쎄

백합

나는 나비지요
가슴에 나를
꽃으로 피운
그 마음이 좋아
꽃도 아닌 당신을
따라다니는 나비!
당신 사랑에 젖고 싶은
나비지요

책 한 권

하늘을 우러러 한 점
부끄럼 없이 살라 했는데
유통기한도 없이
슬쩍 가져온 마음 한쪽!

그대는 알까?
눈길을 걷는데
그대 닮은 눈이
괜찮다며
잘못이 아니라며
오히려 잘했다고
내 편 들어주고 있는 걸

화살

돌 뚫는 화살은 없어도
돌파는 낙수는 있다 하잖아요
낙숫물은 돌에 구멍을 낸다는데
화살 같은 내 앞에
당신 마음
돌 같다 해도 상관없어요
화살 쏘고 쏘다 보면
언젠가 구멍이 날 테니까요
아, 내가 쏘는 화살은
큐피드니까

단추

예쁜 단추
내 마음에 달았다
야무지게
제자리를 잘 지키라고
나만 예뻐하라고
그대 외엔 열 수 없는
마음에 달았다
달고 보니
그대 생각에 달렸다
보고 싶은 마음에 달렸다

우산

신발장 구석에 있던 우산!
비가 와 활짝 퍼지는 순간
기쁨이다

관절이 접힌 채 외롭게
끙끙 앓고 있더니
흠뻑 젖어도 웃는다

그대와 함께 걷듯
손잡고 걸었더니
귀를 대 보란다
"우리 애인 할래?"

말말

검은 말이
갈기를 세우고 달린다
흰 말이
달린다
하루도 달리지 않으면
살 수 없는 그 말
입속의 이말

말

발 없는 말이 천리를 간다지요
내가 한 모난 말이
지금도 발 없이 여기저기
헤집고 다니겠다 싶어

이제부터
향기 나는 말
따뜻한 말
기운 살리는 말만 해야겠어요

말이 옷이라는데
나처럼
예쁜 옷 입혀야겠어요

낙서하지 마세요

낙서하지 마세요
안내표지를 보다가
낙서로 고생했던 생각이 난다

내 이름 아래
사랑한다고 써 놓았던 낙서

왜 그렇게 창피했을까
그 아이는 왜 그렇게
부끄러워했을까

좋아하는 마음 들켰는데
사랑하는 마음 다 아는데

낙서하지 마세요
안내표지를
내 안으로 옮긴다
기억 속에 세운다

그 아이
무얼 할까?

진단

숲속 조그마한 커피숍에
혼자 앉아 커피를 마신다
그대 생각처럼 달콤하다
저절로 느껴지는
행복!
나 지금
사랑에 빠진 거니?
그런 거니?

아버지

아버지는 보름달이었습니다
주는 것에
당신 몸 기울어지면서
더 주지 못해 안타까워했습니다
몰래 눈물까지 지으셨습니다

그 흐르는 눈물이
나를 달로 만들어 놓고
내 가슴에
별이 되어 반짝입니다
참 많이 보고 싶습니다

키패드

키패드는
마음을 타이핑하는 거잖아
내 안에도 있으면 좋겠다

마음에 담긴 그대 생각을
무선으로 보낼 수 있어 좋고
방전될 염려 없어 좋고

길을 걸으면서도
커피를 마시면서도
마음대로 보낼 수 있으니까
사랑하기도 좋고

책

책꽂이에
빼곡히 꽂힌 책을 본다
저걸 언제 다 읽어?

잘 읽겠다고
공표했는데
공수표 되면 안 되잖아

일어나자!
나에게 힘을 주는
그대 생각으로
내 안에 먼저 채우자

책을 꺼내
먼지를 턴다

거울

거울 앞을 지나려는데
그 자리에서 차렷!
등을 펴는 나를
웃는 얼굴로 만들고
좋은 마음을 만들고
따뜻한 손을 만들고
따라 하고
거울을 본다
그러면 그렇지
거울 속에
그대 웃는 얼굴이 보인다

도전

어떡하지?
늦었지만
포기하지 말고 힘내
지금부터 채우면 돼
시작이 반이라잖아
부럽다부럽다 하지 말고
도전하는 거야
내 안에도
그대가 있고
내 밖에도
그대가 있는데
힘내
성공할 수 있어

용돈

용돈 하루 늦는 것이
그리 큰일인가요?

은행가면 돈이 있고
그 돈
언제든지 찾을 수 있는데
왜 항상
그날을 지켜야 하나요?
깜빡하고 늦을 수도 있지요

아, 아니군요
나도 월급 하루 늦으면 싫은데
당신 한 달 수고했는데
용돈이라도 더 드려야죠

참, 있잖아요
미안해서
10만 원 더 넣은 것 비밀!

학교길

고향에 있는 친구들
참 좋겠다
보고 싶으면
금방 만나
커피 마실 수 있고
함께 다니던 학교길도
걸어볼 수 있고
그 고향
가슴에 담아온 나도
알고 보면 좋다
날 응원하는
당신까지 있어서 더 좋다
당신처럼 좋다

비 1

비가 그쳤으니
하늘을 봐야겠다
구름 한 점 없이 파란 하늘
시리도록 그리운
그대 얼굴
그려야 하니까

비 2

비 그쳤다고요?
그럼 하늘을 보세요
맑은 하늘에
내 얼굴 있을 테니까
나 지금
하늘 보며
그대 생각하고 있거든요

새로운 길

날
수시로 생각한다는
당신!
참 좋겠다
매일
꽃을 볼 수 있어서
그 꽃으로
가슴에 꽃밭까지 만들 수 있어서

달 1

강둑을 걷다가
달을 만나 함께 걸었다
내 안의 그대와
닮은 달
오늘은 달이
그대였으면 좋겠다

달 2

강둑을 걷는데
강물에 내려온
달!
너 언제 왔니?
미리 왔으면
내 안의 그대라도
불러 놓던지

낮달

길을 걷는데
낮달이
자는 것도 잊었는지
말간 얼굴로
나를 내려다본다

이마도
내 생각 멈출 수 없나 보다
나도 그대 생각 속으로
빠져든다

달은

왜 달은
은은함을 더해갈까?
그대를 닮아 서지

왜 달은
외로워 보일까?
내 그리움을 닮아 서지

둥근달

밤이었다
벽 속에 갇혀버린 날들
지구 몇 바퀴나 돌았을까

하늘에
달이 걸렸다
초승달이다가
상현달이 되고
다시 반달이 되었다가
마침내
내 안에도
둥근달이 떴다

문을 열고
달을 만나기 위해
벽을 나선다

연못

잔잔한 연못에
꽃 한 송이!

그대 모습처럼
눈이 시리도록 아름답다

나도 그대 가슴에 핀
한 송이 꽃이고 싶다
눈부신 사랑이고 싶다

꽃 가꾸기

꽃 가꾸기 아주 쉬워요
꽃에 대해
배우다 알았어요
1포기 2포기……
처음에는 꽃만 볼 수 없나
그 방법 찾고 있었어요
그러다
그대가 꽃인 걸 알았어요
날 감동 주는 꽃
가슴에 심었어요
날마다 꽃을 보는 법
쉽죠?

첫사랑

당신의 첫사랑을
나는 기억 못 하지만
당신 없으면
내가 없다는 것
그런 당신이
내 첫사랑인 건 압니다

갯벌 게 구멍이
지구의 숨구멍이듯

당신 생각은
내 일상을 숨 쉬게 하는
호흡입니다

위로

오늘 헛수고를 했다
내 어깨를 잡아주는
그대의 위로
"힘내!
할 수 있어"
툭 던진
그대의 말 한마디에
힘이 났다
헛수고가
해낼 수 있는 과정이었다
자신감이 생겼다

낮은 곳

외로워 마라
나도 외로울 때 있었다
찾아와 주지 않아도 슬퍼 마라
인생 뭐 별거 있나
맑고 의미 있게 살면 되지
선한 영혼 담고
그 영혼에 꽃을 피우면 되는 거지
진솔한 마음 담고
서로 나누면서
머물면 되지
우리 서로
아름답게 떠나면 되지

수국꽃처럼

퇴근 후
들어오는 그대에게
"어서 오세요
오늘도 수고 했어요!"
그대 목에
칭찬 한 다발 걸어주었다
수국꽃처럼 활짝 웃는 당신!
나도 덩달아 꽃을 피웠다
그대와 나
둘이서
집안을 꽃밭으로 만들었다

코스모스에게

코스모스 앞에서
넋을 놓고 있는데
자꾸 나를 보고 웃는다

"왜 웃니?"
"너 가슴에 핀 꽃이잖아!"
"어?"

"그럼, 혹시 너
내가 좋아하는 그 사람?

가시고기 사랑

아픔을 모르는 듯
내색 없이
당연한 것처럼 내어주고
흔적 없이 사라진 몸!
가시고기 사랑입니다

바다에서 봅니다
지난 아버지의 삶을
마음 아립니다

가시고기 사랑을 주고 떠나신
아버지!
감사합니다
사랑합니다

철없는 꽃

낙엽 진 등산로에
진달래가 피었다
등산객 눈길 끌며
웃고 있다

혼자서
얼마나 좋아했으면
철 지나는 것도 모르니?

눈 발자국

눈 내리는 밤
눈길을 걷다가 돌아보니
하얀 쥐가
두 줄로 따라오고 있습니다
자꾸만

또 걷다
돌아서서 바라보았습니다
아마 하얀 쥐도
나를 따라가면
그리운 사람 만날 것 같았나 봅니다

사랑하고 싶다

밤하늘이
뚜껑 열린
잉크병을 놓았습니다
만일 당신이
그 잉크병을 쏟고
별을 그리고 싶다면
그건 바로 당신이
나처럼
사랑하고 싶은 것입니다

풍경

풍경소리가 들려
소리 나는 쪽으로 갔다
어머!
그 소리
내 마음속에서 나고 있다
그대 생각이
날 부르는 소리였다

무슨 일이지?

양지 바른 곳에
제비꽃이 피었다
누가 보고 싶어
봄까지 기다리지 않고
성급하게 왔니?
혹시
네가 사랑하고
그리워하는 게
나였니?

하늘

밤새
빗소리가 요란하더니
하늘이
슬픔을 다 지웠다
지금은 고요하다
그래
내 안에도
그대 마음이
바쁜 일상을 지우고
파랗게 되었으면 좋겠다

민들레꽃

창밖에 봄이 왔습니다
내 안에
그대 보고 싶은 마음이
고개를 내밀었습니다
창 밑에
민들레꽃이 피었습니다
그대 얼굴로
웃고 피었습니다

낙엽

낙엽이 창가에 앉아
자꾸 내 눈길을 사로잡는다
창문을 열고 낙엽을 집어
책상에 올려놓았다
아하!
발그레
그대 앞에
수줍음 타는 내 얼굴이다

구두

새 구두를 신고 걷는데
기분이 좋다
나비처럼 날 것 같다
닳은 구두처럼
무덤덤했던 당신 생각도
새 신발처럼
생기가 돌았으면 좋겠다

비 3

비가 오면
우산을 먼저 펴고
우산 속에서
그대 생각을 펴고
그대 생각 속에서
그리움을 펴고
그리움 속에서
그대도 생각을 펴겠지
바람을 편다

비 4

비가 오면
풀잎이 생기가 돌고

비를 보며
그대 생각을 꺼낸 나는
내 안에
생기가 돌고

호수

호수를 바라봅니다
잔잔한 호수
그대 곁에 있듯
마음이 편안해 옵니다
그대 안에서
그리움에 잠겼다가
내 하루가
웃으며 지나갑니다

내 안에
그 호수가 있습니다
그대를 담고 있습니다

귀뚜라미

귀뚜라미는
사랑을 위해
가을을 노래하고
나는
사랑을 위해
그리움을 노래하고

둘 다
그립습니다
애간장을 녹입니다

희망

나는
별을 보고
소망을 갖고

별은
그런 나를 위해
빛난다

둘 다
사랑이다

갈대의 마음

개천에 투구를 쓴 갈대!
병정처럼 줄을 서서
바람에 제 몸 서걱거려도
바람을 탓하지 않는다

가는 가을에게
'안녕'하며
고개를 흔든다

그렇게
마음은 순응한다
그대 앞에
그대처럼

사랑

사랑합니다
사랑합니다
내 안에
사랑이 점점 커지고

감사합니다
감사합니다
내 안에
고마운 마음 커집니다

바람이 불어도
흔들림 없는
세상일이 다 감사입니다

사랑이고
내 가슴에 핀 그대처럼
꽃입니다

접시

꽃접시가
부엌 한켠에 놓여 있다

오늘은 꺼내
화사하게 음식을 담았다

그냥 바라만 보아도 좋은데
요리한 음식을 담으니
그대 보듯 좋다

그대와 함께 먹으면
더 좋을 접시
접시도 꽃이다
오늘은 그대처럼

청소기

당신 오기 전에
청소기를 돌렸다
기분이 좋은지
노래하며 돌아다닌다

깨끗하게 청소하고
시치미 뚝 뗀 체
자기 자리에 앉아있다

저 청소기
내 기분 좋게 하는
누구를 닮은 것 같다!

비 5

비가 내리는데
내 안에 웃음비가 내리는 것은
풀냄새 같이
상큼한
그대 생각이 내리기 때문이겠지요

비꽃

비가 내립니다
그리움으로 내립니다

그리움을 지우고
기쁨이 됩니다
하얀 꽃이 핍니다

당신 기다림만큼
더 간절하게
내 가슴에 꽃이 핍니다
아련해서 좋은
비꽃이 핍니다

민들레

세상에
피는 꽃마다
어떻게
다 화사할 수만 있겠어

틈새에 작게 피어도
낮은 곳에서
멀리 날아갈 수 있는
그래서 더 예쁜 꽃
날 닮은 민들레꽃!

사랑하면

예쁘다는 생각
당연하지만
가끔 화를 낼 때도 예쁩니다
예뻐서
그냥 웃어넘깁니다
지나고 나니
그것마저
당신 사랑이었습니다

아쉬움

어둠 속에서
실란을 잡고
바람에
그네 타고 있는 잠자리!
내 인기척에 날아갔다
바람도 따라갔다
나만 홀로
우두커니 서 있다
그대 생각 한 자락 붙잡고

구절초꽃

구절초꽃을 보다가
해맑게 웃던 네 생각을 꺼냈다
웃는 얼굴이
꽃보다 예쁜 아이
사랑한다고
말해주고 싶었던 아이!

웃음만 주고 간 네가
오늘따라 더 그립다
가을만 되면 내 가슴에
네 미소가
구절초꽃으로 핀다

가방

가방과 눈이 마주치자
가방이 콩닥거린다

가방을 보다가
잠깐 그대 생각했는데

순간
가방이
그대로 보였다

그래도
기분이 좋다

벽

벽을 절망이라
말할 때도 있지만
우연히
그대 생각하다
기댄 등

그대 등에 기대선 듯
든든해서 좋다
따뜻해서 좋다

사랑이란

사랑이란
받는 것 보다
주는 것이 더
행복하다는 말
이제야 깨달았어요

나도 그 사랑
지금부터
실천하려 합니다

나에게 생긴
모든 것
당신한테 받은 거니까
받은 그 사랑에
복리 이자까지 붙여
지불해 드리겠습니다

눈 1

눈은 눈물이다
가끔씩
그대 그리움으로 내려
내 마음 애끓게 하다가
결국은
눈물이 되게 하는

눈 2

눈이 내리는 날이면
나는 하얀
발레리나가 된다

눈을 좋아하는
그대를 위해
눈이 되어도 좋은

눈 3

눈이 내린다
눈송이마다
너의 향기를 담고 내린다

눈 위에 누워
꿈을 꾸던 추억 속 그 눈!

눈이 내린다
너의 향기가
내 가슴에
그대 생각이 내린다
그리움으로 내린다

첫눈 1

새벽부터
첫눈이 온다고 부산하다

첫눈처럼
설레게 했던 당신!
첫눈이 내린다

당신 마음에
영원한 사랑으로 스며들고 싶은
내 마음이 내린다

첫눈이 내린다
자갈밭에 서서
바람에 찢긴 깃발이라 해도
당신 가슴에 녹고 싶은
첫눈이 내린다

첫눈 2

첫사랑 같은
첫눈
설렘으로 내린다

당신의 숨결
당신의 감촉에
내 마음
활화산에 내리는
눈송이가 된다

나의 첫사랑을 위해
어젠가
언젠가는
천년의 백설로 쌓일 수 있게
내 안에 내린다

눈 내리는 날의 추억

스승의 그림자도 밟지 말라 했는데
괜한 눈싸움은 하자고 해
눈에 얻어맞게만 생겼다

친구도 던지는데
용기를 내
꽁꽁 뭉친 눈을 던졌다

선생님 귀에
하얀 귀마개가 생겼다

우리 집을 팔아도
못 고치면 어떻게 해?

수업 종이 울렸다
교탁에 서신 선생님 환한 얼굴
걱정 끝이었다

그날이 그립다
눈 위에 선생님 이름을 적고
하트를 그렸다

멋

가을은
단풍이 들어야 제 멋이고
겨울은
눈이 와야 제 맛입니다

그렇습니다
눈을 좋아하는 당신
실컷 생각 할 수 있게
눈이 내려야
제 맛이 맞습니다

고백

고민이 생겼어요
들어주시겠어요?
내 마음속에 당신 있다고
사랑한다고
숲길을 함께 걷고 싶다고
말하고 싶은데
말을 못 하겠어요

꽃다발

아침이면 꽃송이가
하나 둘 대문 열고 나간다
밤이 되면
한 송이 두 송이……
다시 모여 꽃다발이 된다

다정한 꽃다발
사진 한 장 찍어
벽에 건다

우리 가족이라는
꽃다발!

한글

하루를 시작할 때 하는 말
잘 잤니?
잠들기 전에 하는 말
사랑해

우리 마음과 입술에
꽃을 피우는 한글!

아침에 피었다가
사랑하는 마음을
꿈속까지 이어 주는
한글 꽃!

친구

꽃을 보거나
단풍 볼 때
영화를 볼 때도 생각나고
슬플 때도 생각나는
친구!

내 안에 그리움으로 자리 잡고
늘 생각나게 하는
친구!

너는 보석이야
진짜 보석!

단풍잎 하나

단풍잎 하나
내게 건네며
내 마음이야
너, 내 안에
있다는 거 알지?
이 말에
우리 얼굴에
단풍꽃이 피었다
행복이 피운 꽃
사랑이 피운 꽃

황혼

나는 예뻐지려고 화장을 하고
꽃은 예뻐지려고 핀다
나무는
아름다워지려고 곱게 물든다
자신을 사랑하면
나처럼 웃음이 저절로 나와
모두 아름다워진다

눈眼

하늘 보고
꽃을 보고
감탄할 수 있어 좋다

사랑으로 담을 수 있어 좋고
눈길 따라
감사로 채워져서 즐겁다

무얼 봐도
아름답게 볼 수 있는 눈이 있어
행복하다
고맙다

새알

수풀 속 둥지에
새알 3개
나는 보았다
고른 사랑을

발자국 소리

자박거리는
소리가 납니다
그래서
창문을 열었습니다
아무도 없습니다
어둠 속에서
불쑥 그대가 나타날 것 같습니다

그립다 보니
그리움 속에서
그대 발자국 소리가 따라 나왔나 봅니다

웃음꽃으로

내가 웃으니
아가가 웃는다
당신도 웃는다
내가 먼저
웃음으로 꽃을 피우니
집안이 꽃밭이다
모두 즐겁다

감자 1

감자!
감자를 먹다가
옛 생각이 났다
교실 안에도
호미에 패인 듯 한 얼굴로
웃고 있는 감자바위들!
친구들과 같이
이야기 속 달콤한 감자를 먹으면
얼마나 좋을까?

감자 2

감자가
나를 보고
"너 나 잊은 적 없지?"

땅속에서 나와
그대도 아니면서
그대처럼 늘 곁에 있다

올망졸망 달린 눈, 입이
함께 웃으며
잊지 마!

고랭지 배추

강원도
안반데기 언덕에 앉아
환하게 웃고 있는 배추!
서늘한 바람에 다져진 육질
그래서 더
달고 고소하고
아삭아삭!

늘 내 곁에 머무는
당신 같이
담백한 고랭지 배추!

다육이

가을 햇살이 따사롭다
이렇게 햇살 좋은데
다육이도 즐겨야지! 하고
밖에 내놓았다
색도 곱게 물들 수 있게

내 안에
그대 생각도
내 밖으로 옮겼다
테이블에 앉아
커피 마시는 지금
내 앞에 앉아
내 얘기 들어주는 그대!

수채화

마음이 춥다
그대 보고 싶은 마음으로
내 안을 데워야겠다
얼굴이며
마음까지
웃음꽃이 가득 되게

고드름

고드름이!
똑 똑
눈물을 흘린다
처마에서 떨어지기 싫다고!
사랑은 아니겠지?

마음

오늘
늦잠을 잤다
그래도 걱정 없다
그대 생각으로
곧 부자가 될 거니까

목도리

그물코로 엮어내는
겨울밤 이야기
점점 따뜻하게 길어진다
그대를 향해 감긴다
그대와 더 가까워진 것 같아
기분 참 좋다

별 1

어둠이 내린 하늘에
별 하나가
충전을 시작한다
반짝!

점점
별들이 나타나기 시작한다
밤은 깊어가고
북두칠성이
카톡을 보낸다

그대 생각으로
충전 완료!

별 2

가슴에 별을 달았습니다
이제부터
당신처럼
마음이 별처럼 반짝이고
생각도 별처럼
빛났으면 좋겠습니다

별 3

별 하나가
유난히 반짝입니다

혹시 그대도
날 생각하는
별?

아니면
잠 못 이루게 해 놓고
날 생각하게 만든
커피?

아니
역시 그대
내 가슴에 뜬 별!

별 4

잊혀진 거 같지만
잊혀진 게 아니고
내 안에
별로 걸어둔 거야
지금은 그냥
시간이 필요해

별 5

내 소리가 들려서일까요?
외칠 때나
조용할 때나
나를 보고 웃고 있습니다

늦은 밤
머리맡에 와
잠든 내 슬픔을 쓰다듬습니다

당신으로 인해
내가 별이 될 때도 있습니다
내 마음에 빛인 당신이
진정 내 기쁨입니다

별 6

하늘에는 별이
바다에는 윤슬이
들판에는 초록별이 반짝이고

내 안에는
그대라는 별이 빛납니다

그 별
그대 사랑으로 충전해서
늘 반짝입니다
행복합니다

별 7

그대 생각하며 올려다 본
하늘에
유난히 빛나는 별 하나
내 그리움에 걸었다

보고 싶을 때마다
그대 대신 꺼내 볼 수 있게
그대 이름을 붙였다

밤마다 그리움에 뜨는 별
그대 생각할 때마다
반짝이는 별!
별을 걸었다
그대 모습을 별로 걸었다